봄의 귀를 갖고 있다

시작시인선 0463 봄의 귀를 갖고 있다

1판 1쇄 펴낸날 2023년 3월 10일
지은이 최춘희
펴낸이 이재무
기획위원 김춘식, 유성호, 이형권, 임지연, 홍용희
책임편집 박예솔
편집디자인 민성돈, 김지웅, 정영아
펴낸곳 (주)천년의시작
등록번호 제301-2012-033호
등록일자 2006년 1월 10일
주소 (03132) 서울시 종로구 삼일대로32길 36 운현신화타워 502호
전화 02-723-8668
팩스 02-723-8630
블로그 blog.naver.com/poemsijak
이메일 poemsijak@hanmail.net

ⓒ최춘희, 2023, printed in Seoul, Korea

ISBN 978-89-6021-701-0 04810
        978-89-6021-069-1 04810(세트)

값 11,000원

봄의 귀를 갖고 있다

최춘희

천년의 시작

시인의 말

　힘든 시간 속에서 시가 있어 여기까지 올 수 있었다.
　나는 걷는 것을 시 쓰기만큼 즐긴다. 걷다 보면 시들했던 일상도 싱싱해지고
　살아 있다는 것이 감사하고 소중해진다.
　내게 있어서 시 쓰기 또한 그렇다. 시가 없었다면 지금의 나도 없고
　미래의 나 또한 없으리라 생각한다.
　세상의 잣대로는 환산할 수 없는 기쁨과 가치가 시의 나라에 나를 살게 한다.

　소박한 상차림에
　소찬이지만
　시탁詩卓에,

　아름다운 한 시절이
　함께하기를

차 례

시인의 말

제1부

평행 세계 ———— 13

한 시절 ———— 14

복사꽃, 봄꿈 ———— 16

슬픔의 질량은 우리 몸의 고유한 기록이다 ———— 18

봄을 깁스하다 1 ———— 20

봄을 깁스하다 2 ———— 21

봄을 깁스하다 3 ———— 23

봄을 깁스하다 4 ———— 24

너를 보고 걷다 ———— 26

음음 ———— 28

포스트 잇 ———— 30

목련 유감 ———— 32

너무 빠르거나, 늦거나 ———— 34

가는 동안 ———— 36

새들은 식사 중 ———— 37

제2부

향일성 —————— 41

악몽은 계속 —————— 42

환승역에서 —————— 43

채식주의자 —————— 44

죽음을 기억하라 —————— 45

십자가 언덕 —————— 46

뼈아픈 후회 —————— 47

화분에 묻어 둔 움파처럼 —————— 48

누가 보낸 건지도 모른 채 —————— 49

유다 복음 —————— 50

길 위의 작은 천사 —————— 52

가시 —————— 53

관계 —————— 54

역류성 식도염처럼 —————— 56

가시엉겅퀴 —————— 58

제3부

행간을 읽을 수 없는 날들 ———— 61

긴꼬리제비나비는 허공에 길을 낸다 ———— 62

장흥에서 ———— 63

익모초와 눈 맞추다 ———— 64

어떤 독서 ———— 66

조문 ———— 67

홍접초 ———— 68

나는, ———— 70

나의 하류를 지나 ———— 72

눈이 아프다 ———— 73

나팔꽃 ———— 74

부활초 ———— 75

화양연화 ———— 76

주기도문 ———— 77

축제 ———— 78

나무의 성찬 ———— 79

제4부

따뜻한 손 —————— 83

만약에 —————— 84

짧은 봄날 —————— 86

검은 하천에 엎드린 달빛들 —————— 87

눈부시다 —————— 88

맑음, 흐리고 비 —————— 90

아버지의 봄날 —————— 92

말라 가는 희망 —————— 94

우두커니 —————— 96

재의 꽃 —————— 97

발을 버린 몸은 몸 전체가 발이다 —————— 98

따라가는 봄 —————— 100

날마다 다른 이름으로 —————— 102

입춘 —————— 104

오늘의 날씨 —————— 106

알약 한 알 —————— 108

춘분 —————— 109

산 문

느리게 걸어가는 지구 별 여행, 그리고 시 —————— 110

9

제1부

평행 세계

너는 나고 나는 너다

서로 다른 차원의 공간에 존재하는

무한대의 소수다

한 시절

저기 저 복사꽃
참,
붉네요

너무 빨리 오거나
너무 늦게 오거나
때를 못 맞춰 오는 당신은
이번 생에서는 인연이 없는 거라고

생의 정지선 앞에 서서
이미 지나가 버린
서로의 등과 배에 이름을 새기던
아름다운 한 시절 떠올려요

가지런한 손목에 보이지 않는
색실을 걸고

저기 저 복사꽃

>

십리도화,

꽃잎 밟으며 걸어가네요

복사꽃, 봄꿈

물가에 서서 물그림자 바라보며
날마다 여위어 갑니다
바람에 묻어오는 고요는 가만히
귀를 세우고 뒤꿈치를 들지요
풍경으로 산 지 오래입니다
조금씩 햇빛을 잘라 먹으며
가끔 꿈속에서 본 까치 한 마리
동무하다 가지요
건너편 아파트 단지는 먼 외계의
행성같이 서 있네요
크고 강한 바람이 얼굴을 때려도
감정을 드러내는 법 결코 없지요
봄의 저편 무릉도원이 있다는데
이곳은 적막만 살고 물속에 비친
제 그림자 뜯어 먹는 복사꽃 나무
해는 저물고 어둡고 축축한 밤의 시간이
어깨 위로 날개를 내리지요
아주 먼 기억의 길 끝에 서서
비처럼 음악처럼 꽃비 내리고
나비의 무늬를 따라가는 어느 봄날

한 번쯤 당신과 내가 우연히
마주친 적 있나요?

잡을 수 없는 봄꿈이 저만치
아득하게 멀어져 갑니다

슬픔의 질량은 우리 몸의 고유한 기록이다

물가에 오래 앉아 있는 사람을 본 적이 있다

물가에 앉아 하염없이 등만 보이고 앉은 사람
그 뒤에 서서
오래도록 그를 바라보던 사람도 있다

아이들 깔깔, 달려가고 선 캡을 푹 눌러쓴 사람들 팔다리
내저으며 걸어가는 천변 공원, 기역 자로 허리 꺾어진 노인
뒤를 반려견이 꼬리 치며 따라가고 있다 붉은머리오목눈이
는 흰 조팝나무 갈라진 나뭇가지 사이에 둥지를 짓고, 이제
곧 새끼들이 날개 퍼덕이며 날아오를 것이다

눈물 많은 이 세상에 온 푸르른 것들이 나는 좋다 길가 깨
어진 블록 사이 풀 몇 포기, 피워 낸 잔별들이 너무 좋다 물
안개처럼 차오르는 잘 익은 슬픔의 향취가 굶주린 뱃속을
채우고 어느 날 나를 떠나갈 때 내 갈증과 비천함과 측은한
눈빛도 떠갈 날이 금세 오리라

>

지나가는 모든 이에게 자신의 뒷모습을 아낌없이 내어 준
당신은 누구였을까

봄을 깁스하다 1

비 갠 후 산책길 찌르레기 숨소리 발끝에 걸린다 다른 얼굴 다른 보폭으로 마른땅 뒤척이며 노루귀 같은 새순 밀어 올리고 홍방울새 무리 지어 이 가지에서 저 가지로, 봄비에 흠뻑 부리를 적시는, 입춘과 경칩 사이 떠나간 이 다시 돌아오지 않아도 겨울 지나면 봄, 다시 화덕 같은 여름 지나 징검다리 건너 저 멀리 가을은 붉은 낯빛으로 다가와 폭설의 겨울 굳게 문을 닫은 채 다시 봄을 기다리는,

석고붕대 칭칭 동여맨 나의 봄은 지금 불편한 기침을 쏟아 내는 중,

그래도

봄

봄을 깁스하다 2

봄이 왔다고 하필이면 손목 부러져
깁스한 팔이 문제라고, 골절이 암보다 무섭다고
나이 들면 사망 1위가 고관절 다쳐
누워 있다 죽는 거라고, 수다를 떨다가
그만 뼈 부러뜨렸다

산책로에 꽃길만 걷자,
써 있는 글귀 발끝 당기는 봄날
생의 길 결코 꽃길이 아니라서
길을 걷다 돌부리에 걸려 넘어지고
속수무책 가시밭 길 헤쳐 나가지도 못하고
지구 저편은 전쟁 중,

죄 없는 이들 죽어 가고 도시가 파괴되고
출구를 모르겠는 봄을 태우는
불길 지나간 자리 잿더미 위
그래도 봄, 새순 돋은 가지마다
곤줄박이, 박새, 직박구리, 까치……,
짝을 찾아 날아다니고
산수유, 매화, 진달래, 개나리, 환하게 꽃 핀

뭉클한,

역시 봄은 봄

봄을 깁스하다 3

빗줄기에 속을 뒤집었다가도 모르는 척,
흐르는 중랑천은 집 나갔다 돌아와 시침 뚝,
늦은 밥상 차려 주는 당신 같습니다

깁스한 팔 때문에 오래도록 씻지 못한
찝찝함으로 나의 봄날은 저수지처럼
답답하게 계절을 스쳐 지나가는 중입니다

부러진 뼈가 붙기만을 기다리는 어제, 오늘,
내일은 출구를 모르겠는 구절양장입니다 늘 다니던 길
위에서
당연한 듯 왜, 나동그라져서는

난감한 봄날은 예고 없이 날아든
계고장처럼 붐비는 장터에서 엄마 손 놓친 채
어안이 벙벙한 어린애 같고요

황사 바람 어지러운데 꽃 멀미 심한

절골의 봄

봄을 깁스하다 4

부러진 팔 둘러매고 꽃구경하는 봄날인데요

살구꽃이 발갛게 벙글었네요

그 꽃그늘 아래 노인들 모여 앉아 새색시처럼

젊을 땐 몰랐는데 나이 먹으니 꽃이 들어온다고,
꽃 이쁜 거 눈에 밟힌다고,
요즘 처자들 지네가 꽃이라서 꽃 이쁜 줄도 모른다고

아름다운 한 시절 지금이 바로 꽃철인데요

아까운 봄날,

간다, 가고 있다, 가는 봄은 벌써 저만치
뒷모습으로 돌아서는데

봄눈, 연두 잎싹 같은 아이야

넌,

아직 꽃 이쁜 줄 모르지? 묻자마자 네, 대답하는

이쁜 걸 아는 내가, 늦은 내가
너보다 더 낫다, 라고 입술 달싹거리다

수다처럼 지고 마는
꽃아, 너는 말고 절룩절룩 나만 지는 속절없는 봄날

너를 보고 걷다

변검술을 펼치는 거다
무수한 빛의 입자로 너는 반짝이고
내 곁에 머문 지 오래된
낫지 않는 병病과
내밀해진 팬데믹과

물은 다만 흘러갈 뿐이에요
흐르는 것들은 돌아올 길 없지요
물이 얼어서 육지가 되듯이
나는 조심스레 언택트, 빙하기
시간을 건너는 중이에요

티브이는 마다가스카르의 리프카멜레온
피그미족 슬픈 역사를 화면 가득 보여 주고

눈이 와서 평등해진 세상에서
눈사람으로 서 있는 사람 본 적 있나요
햇빛 아래 녹아내리며 조금씩 제 얼굴
드러내며 사라지고 있는

>

흰 눈 아래 감춰진 민낯의 그 슬픔을
마주친 적 있지요
뻥 뚫린 검은 구멍에서 흘러내리는
탄식은 발밑을 적시고 멀어져 가요

서로 다른 차원의 공간에서
물과 물은 서로를 끌어당기고
결빙의 뜨거운 심장으로
지금, 떠나가는 중입니다

음음

눈 내리는 강둑을 걸어갔다
물소리도 언 발목 적시며 따라왔다
넉장거리로 누운 잡풀들
목쉰 울음 토해 내고

울가망한 지난 발자국 지우며 눈발 거칠게
머리 부딪치며 뺨을 때린다

눈이 와서 짐벙진 세상 앞에서
찬 강물에 노역의 시간 부려 놓고 비상하는
갈까마귀 떼의 날갯짓, 황홀한 군무

겨울 강가에는 삶과 죽음이 서로를 껴안고
절망은 더 이상 절망이 아니고
희망은 어둠 속에서 빛나는 거라고

아무것도 되지 못한 미완의 존재를 향해
자욱하게 눈가 적시며 눈 내린다

폭풍처럼 사납고 무서운 밤을 지나 차고 시린

은결든 시간을 건너 나보다 먼저 와 기다린
당신,

잠시 그쳤던 눈발 다시 날리고
지나온 발자국 흔적도 없이 지워지고

포스트 잇

슬픔은 중독성이 크다

슬픔은 전염성이 강하다

슬픔은 표묘縹渺하다

\#

《은하수를 여행하는 히치하이커를 위한 안내서》《400번의 구타》《쇼생크 탈출》《죽은 시인의 사회》《어바웃 타임》《아름다운 비행》《시네마 천국》《아이다호》…… 내 기억의 저장고에서 발효시킨 영혼의 필름들

\#

어떤 인간도 순풍에 돛단 듯이 살지는 못한다 누구나 슬픈 일을 겪고 좌절하고 이가 갈릴 정도로 분통 터지는 일을 당하기도 한다

\#

시는 역사보다 더 철학적이고 고귀하다 왜냐하면 시는 보편적인 것을 말하고 역사는 개별적인 것을 말하기 때문이다*

대부분의 시인들은 연민과 두려움을 불러일으켜 감정을 나약하게 만드는 위험한 존재다 시인을 추방하라!**

\#

슬픔은 포자처럼 시의 나라를 떠다니는 디아스포라

목련 유감

아직 꽃도 피기 전인데

봄의 입술 닿기도 전에

꽃 지는 모습 지저분하고
청소하기 귀찮다는 야만의
폭력 앞에서
비명 한번 못 지르고

전기톱 지나간 상처 난 자리마다
시퍼런 피

겨우내 언 발 녹여
수액 길어 올리고 마른 가지
꽃눈 틔운 두근거림

꽃 피울 그날 위해
나도 당신도 기다렸지요

눈부신 꽃봉오리들

새들의 지저귐 듣지 못하고
날갯짓 해 보지도 못한 채

몸통만 남은 목련나무
허리 꼿꼿하게 곧추세운 채
다시, 또다시

파괴는 창조이자 빛나는 꽃이라고
고통 없는 꽃은 없다고

바람에게 귀를 빌려줍니다

너무 빠르거나, 늦거나

반지하 쪽창에
올망졸망 매달린 아이들
눈망울 같은
작은 풀꽃

사정없이 몰아치는
황사 바람에 바짝 몸 낮추고
조금만 더, 조금만 더
이 또한 지나가리라
꽃샘추위 견디고 있다

너무 빠르거나, 늦거나
미처 준비할 시간도 없이
찰나의 순간
피었다 지고 마는

이생의 봄날 쓰리고 아프지만
그래도,
꽃 진 자리 열매 자라고

>

오래 알고 지냈던 죽은 시인의 안부가

봄이 오면 때때로 궁금하다

가는 동안

하늘이 어둔 바닷빛으로 잠겨 들면 물 아래 세상을 걷는
것 같다 해찰하며 가는 동안 주변은 어느새 깜깜해져서 가
로등 환하게 불을 밝히고 적막한 아파트 창마다 여기 사람
이 살고 있어요, 손을 흔든다 서로의 체온으로 밥을 안치
고 눈물을 덥히는 시간 참 따스해서 내 눈가에도 실안개 피
어 오른다

새들은 식사 중

이팝나무 풍성한 인심이 새들을 불러 모은다 올해도 어김없이 고봉밥 지어 놓고 한 상 아낌없이 내놓자 적막강산 심심한 풍경이 왁자해진다 봄 햇살에 졸다가 새소리에 잠깬 고양이가 눈 크게 뜨고 지켜보다 먹잇감 낚아챌 기회를 노린다 그러거나 말거나 새들은 식사 중! 지금 아니면 맛보지 못할 겨우내 길어 올린 물로 갓 지어 낸 새봄의 정갈한 한 끼, 아무리 먹어도 질리지 않는 바람과 햇빛으로 차려 낸 자연의 상차림 앞에 나도 옷깃 여미고 다가가 물 한 잔 내밀어 본다

밤새도록 심장을 쪼던 불면의 새들 배불리 먹고 허공으로 날아오르고 짧은 봄날의 호사를 그대와 함께 누렸기에 이번 생은 아쉬움이 없다네

제2부

향일성

고층 그늘 아래
목 길게 빼고 피어 있다
태양에 더 가깝게 다가서기 위하여
온 힘으로 햇빛 바라기

빛을 향해 나아가는 건
사람이나 꽃이나 마찬가지

악몽은 계속

커다란 회전문에 머리 들이밀다 목이 끼었다

무서운 괴물에게 쫓기다 절벽에서 뛰어 내렸다

날마다 밤마다 재생되는 혼몽한 꿈속

나는 어둠 속에서 바이러스로 떠다니는

또 하나의 너야

악몽은 계속, 멈출 줄 모른 채 무서운 속도로

달려오고, 달려가고

환승역에서

어미를 잃고 새끼는 불안하다
사람이든 짐승이든 그것은
돌아갈 근원을 잃어버리는 일

친구 어머니의 부음을 듣고
문상 다녀오는 밤
골목은 어제보다 더 캄캄하고, 길은
미끄럽고 위태롭다

어둑한 구석에서
붉게 짓무른
꽃무릇처럼 울었지

조금 늦거나 빠르거나
누군가는 떠나고
언제나 혼자 남겨지는 곳

각자 살아온 무게만큼
돌아올 수 없는 여행을
오늘도 떠나고 있다

채식주의자

생의 안쪽에 빗금 쳐진 채
공터에 버려져 있다
한때는 다정한 이웃이었고
희망의 일용할 양식 탐하던
몽상가였다
환청과 망상이 집요하게
따라다녔지만
흐릿한 의식의 끝 붙잡고
뒷골목을 유랑하는 복화술사
총알받이로 내몰려도
피할 길 없는,
도시의 내리막길 위에서
겨우내 벌레로 살다
여름에 풀이 되는 동충하초
꽃 피기만을 기다리다가
드디어 사무치는 초록의
풍경으로 뒹굴고 있다

죽음을 기억하라

참회의 시간

죽음의 축배 위해

생의 믹서기 돌아가고

저 높은 곳을 향하여

까치발을 한 채

당신과 나

한 뼘 두 뼘 허공을 재고 있다

십자가 언덕*

   슬픔을 저민 심장의 피로 세워진 망자들의 공중 정원, 고
요한 간절함이 응축된 세상에서 가장 아름답고 숭고한 묘
지, 푸른 초원 숨죽인 햇살 아래 사람들 발걸음 부여잡는
크고 작은 수많은 십자가, 십자가들, 바람의 순례자여 지
친 영혼에 바치는 기도 소리를 들어라 나지막한 계단을 올
라 지상에 남겨진 천국을 보네 내 가슴과 머리가 얼마나 터
질 것 같은지, 딱딱한 검은 심연에서 뜨거운 눈물이 솟구
치는지

* 십자가 언덕: 리투아니아 샤울레이에 있는 성지.

뼈아픈 후회

이 길을 걷고 걸어도 나는 너에게 닿지 못한다 언젠가 너를 향한 발걸음 멈추고 길도 끝이 나겠지만 너는 거기에 없다는 걸 나는 안다 내게로 걸어온 너의 길을 내 손으로 지웠으므로 길은 사라져 버렸다 그래도, 너에게 해 줄 수 있는 일이 있었을 때 망설이지 말아야 했다 내 곁에 너의 자리를 내 주지 못한 후회는 뼈아프다

화분에 묻어 둔 움파처럼

화분에 묻어 둔 움파처럼
매운 한 생애 되살릴 수 없나요

봄의 잎눈도 못 보고
먼 길 가신 등 뒤,

사이좋게 머리 맞대고
버킷리스트 만들어 봐요

봄이 와도 녹지 않는
얼음 감옥에 나는 갇혔다

누가 보낸 건지도 모른 채

외출했다 돌아오니 문 앞에 풋고추 담겨진 비닐봉지 놓여 있다 가까운 이웃이 가져다 놓은 줄 알고 고맙다는 전화를 했다 그런데 자기는 아니라고, 다른 집 다른 이에게 갈 선물이 잘못 온 걸까, 여름내 키운 파릇한 마음 한 움큼, 식탁 위에서 나를 쳐다보며 "그냥 드세요 맛있게" 혹여 배달 사고? 생각했지만 찾으러 오는 사람은 없고

살아생전 아버지는 풋고추에 고추장 찍어 참 맛나게 밥을 드셨다 고기반찬도 필요 없고 세상의 산해진미 알지도 못한 채 찬물에 풋고추 한 종지면 족하셨다 중환자실에 누워 계신 아버지가 즐겨 드시던 풋고추가 길을 잃고 내게로 왔다 보낸 주인을 찾지 못해 빈 식탁 모서리 우두커니 앉아 나를 보고 있다

누가 보낸 건지도 모른 채 시들어 간다

저리 외롭고 쓸쓸하게 한 생애가 저물고 있다

유다 복음

모래언덕에 숨어 산 지 오래되었지요

가시 돌기로 물을 모아 물 없는 사막에서 살아가요

아주 작은 이슬이나 빗방울 놓치지 않지요

모래 속에 파묻히지 않고 뜨거운 모래 위 걸어가요

우리의 유일한 양식은 검은 개미 떼

끈끈한 혀로 남김없이 핥아 먹지요

사막 도시에 검은 기름 악몽처럼 솟구치지요

최적의 생존 조건으로 프로그래밍되어 있어요

우리의 일용할 양식은 은총의 단비

가시들 사정없이 살을 찢고 뼈를 갈라요

\>

거짓 예언만 창궐하는

개미굴 주변으로 모여드는 유다 무리들

길 위의 작은 천사

산책길에 눈 마주쳤다

푸른 공기 뚫고 개똥지빠귀

허공으로 솟구쳐

얼어붙은 하늘을 깨우고

마른 풀섶에 배를 깔고 누운

어미 잃은 작은 천사

곤한 잠 화들짝 놀라게 한다

천국보다 낯선

길 위의 노숙

길에서 태어나 길에서 스러져 갈

날개 잃은 너를 어찌할까

가시

꽃이 가시를 숨긴 채 웃고 있다 가시는 숨겨진 욕망의 징
표, 불타는 속살을 뚫고 불거진 허기, 불온한 피의 약력을
복기하며 날마다 자라나지

멈출 수 없는 흡혈의 갈증으로 붉은 달집을 태우는 검
은 밤마다

가시나무에 심장을 찔러 일생에 단 한 번 울다 죽는 가시
나무새처럼 자기 생의 가시를 품고 고통의 부력으로 날아오
르지 가시는 꽃이 숨긴 불의 화두, 불의 경전, 용암처럼 뜨
거운 피의 솟구침

꽃의 필생畢生이 점화된 가시를 삼킨 당신이 모래사막에
누워 있다

관계

날마다 마주쳤는데
보이지 않는다, 길 가는 사람들 붙잡고
발라당 뒤집기도 하고 발밑에 엎드려 부비부비,
무슨 사연으로 길 위에 버려진 건지 모르지만
주인을 기다리는지 그곳을 떠나지 못하고
몇 달째 노숙으로 자리를 지키며 배회했다

통조림 사 들고 혹시나 서성거려도 반갑게 달려오던
너는 없다, 없다, 없다……

언제나 그랬다 마음을 주고 아끼던 사랑스러운
것들은 갑자기 사라졌지 거기 존재하지 않았던
것처럼 다시는 돌아오지 않고

아프고 슬퍼도 소용없는 일, 자기 일이 아니면
눈길 한 번 주지 않는 이곳에서 누군가는 죽고,
어딘가에서 새롭게 태어나고,
생은 돌고 돌아 계속될 것이다

>

내가 죽은 뒤에도 변함없이

아무 일 없었다는 듯이

역류성 식도염처럼

고관절이 주저앉은 당신
참혹하다

몸은 몸이 아니고
털 빠진 어미 두루미

슬픔이 목젖을 때리고 솟구치더니
무릎을 꺾고 바닥에 울음을
쏟아 낸다

한평생 이름을 잃고 누군가의 아내
자식들의 엄마, 할머니로만 살았다

새벽부터 밤까지
궂은일 마다 않고 바닥만 보며
꽃다운 청춘 보내 버린

일상에서 튕겨 나와 간신히 숨만
남아 있다

>

토해 낼 것이 아직 남은 것인지

지독한 통증은 비명마저 삼켰다

가시엉겅퀴

당신 손이 닿는 순간 자폭할

위험한 테러리스트

제3부

행간을 읽을 수 없는 날들

그곳은 깊은 심해의 수족관 같아요

당신도 나도

바닥에 납작 붙어 쥐가오리처럼 떠다녀요

고요히 오리무중의 날들만 흘러가지요

최소한의 산소로 숨을 쉬며 백악기의

물고기 화석으로 변신 중입니다

긴꼬리제비나비는 허공에 길을 낸다

검은 날개 가득 꽃가루 지문 어지럽다

만개한 꽃 무덤 향기에 홀려 높은 가지에서 낮은 가지로

둥근 잎에서 뾰족한 잎으로 아침 꽃에서 저녁 꽃으로 건
너온

난장의 시간이다 오래된 기억만큼 나이 먹어 가는 건

처음부터 견딜 수 없는 생, 신은 그에게 찰나의

한 순간만 허락했던 것, 꽃 핀 그늘 아래 지고 온 목숨
부려 놓고

절정의 발화점 향해 허공에 길을 낸다

찬란한,

적멸의 아름다움이 거기 있다

장흥에서

　빚잔치 끝난 채무자의 얼굴이다 낙엽들 파산한 회사의 주식처럼 비에 젖고 있다 길가에 차를 세우고 담배를 피워 문다 풍경도 적막에 들었다 가라앉고 떠오르는 옛 기억들, 기억은 나이도 먹지 않고 치매도 안 걸리고 생생하다 멀고 낯선 행성에 나만 불시착한 것일까 빛나던 그 시절은 여기 없다 희망으로 출렁이던, 장밋빛 인생 같았던 스무 살의 치기는 우리의 것이 아니다 눈먼 사랑도 제 갈 곳으로 가 버렸다 한 번뿐인 생, 단 한 번만 더 기회가 주어지면 가 보지 않은 길 찾아 갈 수 있을까 건너갈 수 없는 시간의 간극들

　아직 오지 않은 당신 앞에서 쇠락해 가는 육체를 붙들고 정신은 고요하다

익모초와 눈 맞추다

돌절구에 짓이긴 즙을 목구멍으로
흘려 넣던 그 기억 속

유리 파편처럼 발바닥에 박혀 있는
내 어머니,

화수분 같은 사랑 부어 주시던 당신
올해도 어김없이 개천가에 피어
코끝 찡한 안부 꽃으로 물어 오셨다

몸에서 몸으로 건너온 아픈 자리
굴곡진 시간 여문 자리마다
쓴 향기 자욱하다

쓰디쓴 인고의 업業 벗은 낡은 옷 한 벌

나보다 더 큰 내 원죄를 임신한 저 무덤이
내 얼굴을 밟고 간다*

뼈 마디마디 한기 서려

적막한 집 한 채 소슬하다

어떤 독서

가을이가

발밑에 펼쳐져 심심한 자기를

손끝으로 넘겨 달라고

'엄마' 하고 불러요

나는 읽고 있던 책의 모서리 접어 놓고

아무리 읽어도 지루하지 않은

세상에 단 하나뿐인

나만의 책을

날마다 표정이 바뀌는 페이지를

냄새 맡고

쓰다듬지요

조문

망초꽃 핀 둑방 길
흰나비 날아가네
향기마저 이슬로 털어 내고
투명한 빛 그물
찢으며 멀어져 가는

다시는 만날 수 없는

나의 짝패

홍접초

떠나간 이를 그리워한다는
꽃말, 아니더라도

슬픔이 바늘처럼
심장에 꽂히고
발바닥을 찔러

걸어가는 길목 어귀
흰 묘비 비껴 선 채
핏방울
번져 갑니다

한 번쯤은
춤추는 나비되어
당신과 함께

젖은 날개 말리는 찰나의 시간

빛나는 영원 같고
깨고 싶지 않은

꿈결 같은 우화羽化

바람까마귀 우는 겨울 벌판에

피 흘리는 맨발로 서서

저물고 있습니다

나는,

서울에 둥지 틀고
마음 둘 곳 없어
종로 거리 헤매었지

밤이면 밤마다 파도 소리
철썩이며 갈매기 떼
끼룩끼룩 방 천장 가득히
날아다녔지

세월의 담장 훌쩍 넘어
기억의 하류에서 저녁노을 설핏,
무심하게 지는 꽃 바라보며
고향 바다
하얀 백사장
푸른 수평선
눈부셨던

그날의 봄날 속으로

한 마리 나비되어

\>

한 마리 작은 새되어

날아간다

나의 하류를 지나

"나 죽은 뒤 아무도 날 기억하지 않아도 괜찮아"

그녀의 장례식엔 나무와 풀과 구름만이 조문 왔다고

종착역을 향해 초고속 열차처럼 달려가 자폭해 버렸다고

세상을 향해 할 말이 많았지만 입을 닫고 눈도 닫고

사람들은 그녀가 죽은 줄도 몰랐다 오래도록 지워진 채

개기월식의 붉은 시간 거슬러 지느러미 돋아나고

북극해 떠도는 유빙 속을 헤엄쳐 가네

언제 우리 만날 수 있을까

나의 하류를 지나

고향으로, 그녀의 고향으로 돌아가네*

* 루시드 폴.

눈이 아프다

평생을 잠가 둔 육신의 곳간
빗장 열리자 기어 나오는 살벌레들
빛이 차단된 오장육부 썩어 가는 시취屍臭 속에서
스멀스멀 구더기 떼

평생을 시장통에서 좌판 깔고
하루 벌이 일수 도장 찍던 날들
죽어서도 저잣거리 향해 보이지 않는 눈으로
빚 갚으러 간다
빚 갚으러 간다

나팔꽃

밤새도록 닫힌 문
두드리고 있다
풀잎에 고인 물 한 모금 나눠 달라고
손등이 터져 피멍 들도록
목이 쉬도록

귀 막고 눈 감은 잠을 깨운다

부활초[*]

너를 찾아 사막의 어디든지 굴러간다 철사처럼 뒤틀어진 팔다리 몸통에 밀어 넣고 개미지옥 파묻혀 생의 경계 지워 버렸다 뜨거운 모래 세포에 저장된 너의 유전자, 타는 목마름 사나운 비를 부르고 죽은 심장 뛰게 만들지 운명적인 너와의 한순간 검붉은 화인火印으로 찍혀 버리지 너를 만나 벼락처럼 사랑을 나누는 신기루 좇아 백 년이 갔다 먹구름 몰려오고 곤두박질쳐 숨을 멈추면 바로 거기, 너 있는 천국이다

마른 가지 숨이 돌고 물웅덩이 뿌리내려 싱싱한 잎으로 살아나는 풀꽃

* 부활초: 아프리카 사하라 사막에 서식하는 식물로 비가 오지 않는 평소에는 죽은 채로 떠돌다 물을 만나면 살아나 싹을 틔우고 꽃을 피운다.

화양연화
—능소화

비 그친 뒤
담벼락에 선홍빛 꽃술
활짝 열어 놓고
하늘 향하여
덩굴 손 뻗어 가는
발 한 번 삐끗, 하면
천 길
허방인 줄 모르고
반벙어리
눈짓으로만

오직 수화로만

한 번 떨어지면 다시는
기어 올라갈 수 없는
아득한 거기, 그 자리
당신이 피었다

주기도문

새 한 마리

허공을 날고 있다

꽃 지고 열매 떨어진

잎마저 다 떨군

겨울나무 빈 가지 끝

힘차게 날아올라

지상을 떠난 순교자의

짧은 외마디

신앙고백

축제

이번 생은 망했구나, 생각한 순간

폭죽이 터졌다

나무의 성찬

눈밭에
언 발 묻고 선 나무
한 손에 꽉 움켜잡은
붉은 열매들

잎도 지고 꽃도 없는
아무도 찾아와 주지 않는
겨울 골짜기 작은 새

시린 입 속을 덥혀 줄
춥고 느닷없고 다정하고 쓸쓸한
한 끼
정갈한 성찬

제4부

따뜻한 손

살구꽃 향기 지상에 내려와
버려진 쓰레기 더미 어루만지고 있다
악취 풍기는 검은 비닐봉지 터진 살가죽
자장가처럼 느릿느릿 스며드는
꽃 핀 살구나무의 숨결은
깨진 유리 조각, 잡동사니 사이로 길을 내고
미혹을 거부한 결연한 다짐이
꽃으로 피었다

너는 아니?
맨 처음 흠집 많은 내 몸 위에
황홀한 꽃향기 채워 넣은
따뜻한 손을 가진 이가
누구인지

만약에

주어진 한 계절을
목 놓아 울다가
손대면 바스라지는 허물 벗어 놓고
숨소리 잠잠해진
저 매미처럼
말의 고치를 지어 그 속에
제 울음 아낌없이 쏟아 내는
그런 시인이 너였으면
바로 나였으면

어둠에 빛을 비추고
슬픔에 향기를 채우는
말의 물길이
고여서 썩지 않고 흘러가

마르지 않는 시의 발원지를 가진
시인이 나였으면
아니 너였으면

시가 꽃이 되고 밥이 되고

세상이 환한 꽃밭으로 피어나면
전쟁도 굶주림도 없는 그런 세상을
가질 수 있을까

짧은 봄날

천변에 자욱한 냉이꽃 즈려밟고

밥숟가락 놓은 채 떠나는 당신

조팝나무 조문 행렬 늘어선 길 따라

꽃들은 지고 다시 또 새로운 꽃 피어나고

무덤가 맴도는 뻐꾸기 울음소리

어디서 왔다 어디로 가는지

바람처럼 흩어지는 짧은 봄날

소루쟁이 풀 적막한 귀 열어 놓고

까무룩이 졸고 있다

검은 하천에 엎드린 달빛들

낯선 시간의 행성에서 날아온 외계의 암호들

불안과 고통을 머금고 자라나는 야성의 수초들

밤은 낮보다 생생하다 화려하진 않지만 철학적인,

어둠 속에 최면처럼 떠다니는 마법은 강력하다

고통 없이는 창작도 없고 인간도 없는 거라고[*]

여기 아닌 저기를 탐색하고 맛보고 기웃거리며

숨겨진 말들의 본적지를 찾아 흡혈의 충동에 사로잡힌

달빛들, 점점 붉어지고 내 눈 속으로 핏빛 고요가

출렁이며 차오르고 있다

[*] 에밀 아자르, 『가면의 생』.

눈부시다

봄 햇살 쪼아 먹는 참새들

담벼락 아래 조잘조잘

시간의 강물 무심히 흘러가고

마음 둘 데 없이

물때 낀 초로의 얼굴

누가 나를 기억할까

두고 온 붉은 낮빛도

타오르던 푸른 적의도

서럽게 고운 단풍도

폭설의 적막마저 떠나간 지금

>

다시 봄이 와서

길을 막으며 짜그락짜그락

봄의 생명들 눈부시다

맑음, 흐리고 비

햇빛 환하고 하늘 푸르더니
오늘은 흐리고 소낙비 내린다

그래도 괜찮아

비 그친 뒤 더 쨍하고
세상은 살 만해서 실잠자리
물 위에 맴을 돌며 알을 낳고
풀잎 그늘 아래 나팔꽃
넝쿨 뻗으며
종소리 댕댕댕

파푸아뉴기니섬
세상에서 가장 작은
푸른머리발발이앵무새는
개미랑 공생하며
개미굴에 새끼를 낳아 키우고
살아간다

그곳이 어디든

새나 사람이나
자기 자신을 지키며
이 땅에 살기 위하여

날마다
굽어진 날개 활짝 펴서 날고 있다

아버지의 봄날

봄비 오시니
마음이 젖는다

젖은 마음은 속옷까지 적시고
해진 운동화 밑창까지
철-버덕 철-버덕
물이 차오른다

아버지 가신 뒤 해마다 봄이면
저 먼 얼음 벌판을 날아와
떨어져 내린 꽃잎 한 점 물고
새 떼들 빗속을 뚫고 지나가고

기억의 칩 속에 탄피처럼 박힌
병상의 아픈 눈빛 같은 꽃망울
빈 입 벌려
흠뻑 목을 축인다

괜찮아 괜찮아 젖은 등짝 다독이며
오늘도 봄비 내리고

>

빗속을 자박자박 어린 내가
더운 김 피어오르는 둑방 길
아버지 손잡고 걸어가는

짧은

봄날

말라 가는 희망

—크고 강한 바람이 산을 할퀴고 주님 앞에 있는 바위를 부수었다. 그러나 주님께서는 바람 가운데에 계시지 않았다. 바람이 지나간 뒤에 지진이 일어났다. 그러나 주님께서는 지진 가운데도 계시지 않았다. 지진이 지나간 뒤에 불이 일어났다. 그러나 주님께서는 불 속에도 계시지 않았다. 불이 지나간 뒤에 조용하고 부드러운 소리가 들려왔다. 엘리야는 그 소리를 듣고 겉옷 자락으로 얼굴을 가린 채 동굴 어귀로 나와 섰다.*

어둠 속에 갇힌 고집 센 당신을 본 적이 있지
제멋대로 들이박고 구르다
울면서 기도하는

가끔씩 오래 쓰다 버린 낡은 인간의 육체를 기억하는
나귀, 나귀, 당나귀

붉은 사막의 모래언덕을 지나왔다 검게 타 버린 나무 아래서 사나운 짐승처럼 울부짖었다

이글이글 타오르는 떨기나무의 불꽃으로, 꺼지지 않는

심장으로, 말라 가는 희망을 온몸으로 껴안은 채 지불유예인 오늘을 남루하게 껴안고 있다

간절한 생을 지나 도착한 아름다운 정원에서 발목이 잘린 줄도 모르고 멈출 수 없는

번제의 춤을 추고 있어

둥글게 손을 잡고 모두 다 함께

* 『열왕기』 상, 19장 11절~13절.

우두커니

무덤에 들었던 한 사람

섬백리향 꽃길 따라 여기 왔어요

나 아닌 또 다른 내가

물그림자로 비치는

헛것인 나를 보고

비바람에 지워진 비문처럼

그렇게,

재의 꽃

뜨겁게 달궈진 도로변에
맨몸으로 기어 나와,

오체투지 엎드려 있다

멀리서 보면 길 위의 검은 꽃
몸 안의 물기 죄다 말라 버린

이제 막 피어난 재의 꽃

앞으로 나아갈 수도 왔던 길 되짚어갈 수도 없이

세상은 온통 적의로 불타고
그늘막 하나 없는
이곳에서 눈을 뜰 수도 감을 수도 없이

처음부터 그 자리
길의 무늬로 남겨진 지렁이들

발을 버린 몸은 몸 전체가 발이다

화살표 머리는 앞을 향해서만 나아가지

슬픔의 붉은 등고선을 지나

흔들리는 붉은 양귀비 꽃밭을 따라가지

언제부터 냄새와 온도로만

세상을 감지하며 땅바닥을 기어 왔을까

몸에 새긴 저 무수한 비문을 봐

지나온 삶의 궤적을 따라

온몸으로 말을 토해 내고 있다

달무리 지는 밤마다 핏속으로 치명적 독성이 흘러들고

나는 숨을 쉴 수가 없다

＞

속수무책 통증이 가라앉기 기다리며 신경세포가 마비된 채

상처의 두 발을 버리고

발을 버린

몸마저

지워 버렸다

따라가는 봄

봄 햇살 따라가는 길마다
물오른 봄 나무들 연둣빛 입술 내밀고

봄 햇살 밟고 가는 길목에
봄꽃들 저마다 앞다투어 나를 물들이고

봄 햇살 피어나는 양지 뜸 향기로운 아지랑이

봄이 와도 마음은 늘 멀고 먼 고비사막을 떠돌던
눈먼 바람이던 그 시절

범접해선 안 될 것 같았던 숱한 봄날들

더 이상 앞으로 나갈 수 없는 텅 빈 생의

도착점 닿아서야

온기 없던 그곳에 열지 못하고 스쳐 간

닫힌 문이 있었음을 안다

\>

지나 보면

꽃 피던 시절

다 봄날이었다

날마다 다른 이름으로

겨울인데 눈은 오지 않고
계절을 놓친 때늦은 비만 내리고

무궁화꽃이 피었습니다

무료한 하루를 바람의 혓바닥에
온몸을 내맡긴 채 그루밍, 그루밍……

무궁화꽃이 피었습니다

너는 참 아름다운 푸른 털과 영혼을
비춰 주는 검은 심연의 눈을 가졌구나

무궁화꽃이 피었습니다

날마다 다른 이름으로 축축한 그림자를 끌고 찾아와
지나온 시간을 끄집어내고

무궁화꽃이 피었습니다

>
어릴 적 먹다 남긴 막대사탕의 달콤함이거나
읽다 만 두꺼운 책의 지루한 페이지였을지도 모르지만

무궁화꽃이 피었습니다

무궁화꽃이 피었습니다

입춘

내 이름 속에 봄이 들어 있었는데 나는 봄을 찾아 멀리, 더 멀리 떠돌아다녔지요 눈 내리는 날 태어난 눈의 아이, 겨울 왕국의 얼음 세포가 모든 걸 얼어붙게 만든다고 믿었어요 눈 폭풍이 휘몰아칠 때마다 두려워 도망쳤지요 불빛 없는 북극의 얼음 굴에 몸을 숨기고 봄이 나를 찾아 주길 기다린 적도 있어요

천변 풀밭에 원앙 한 쌍 사이좋게 모이를 쪼아 먹고 있네요
물 위를 천천히 오리들 떠다니며 햇살 아래 평화롭게 놀고 있어요
이 가지 저 가지로 참새 떼 옮겨 다니며 재잘재잘 노래 불러요
까치들도 반갑게 인사하며 소식 전하고 여기저기 날아다녀요

어둡고 긴 밤이 지나고 아침이 오듯이
귓가에 따스한 숨결 불어 넣으며 당신이 내 이름을 불러 주었을 때,

>

잿빛으로 물든 우울한 풍경 눈사람처럼 천천히 녹아내리고 솜사탕처럼 달콤한 바람이 불어와요

두꺼운 외투를 입은 사람들 발걸음도 새털같이 가벼워 보이네요

오늘이 빙점을 깨뜨리고 나온 첫, 생일입니다

오늘의 날씨

햇빛 쨍쨍 눈부신 날도 천둥 치고 번개 치고
마른하늘 날벼락으로 소낙비 쏟아져 내리네요

길을 걷다가 난데없이 미끄러져 어이없이 손목 부러지고
돌부리 차여 발목 깁스하고 드러눕기도 하지요

살다 보면 운수 사나운 날 맞닥뜨려서
그래도 괜찮아, 괘념치 마라, 스스로 위로의 말 건네 보
지만
아무 말도 먹히지 않고, 소용도 없는

출구 없는 미로에 갇힌 실험실 생쥐처럼 불안하고
깜깜하고

예고 없이 날아든 계고장처럼
난감한 날들 가만히 흘러가고요
이 또한 지나가리라, 믿어 보지만
주문처럼 외우는 믿음은 뼈아프지요

정신 줄 놓지 말라고 때때로 무심한 듯 치명적 어퍼컷 날

리는

흐리고 비, 맑음

알약 한 알

수마트라인들은 검은 고양이를
미얀마의 카렌족들은 광적으로 개를 숭배한다

개가 달의 살점을 찢기 때문에 달이 붉어진다고 믿었던
카렌족 사람들

달이 붉어지면 붉은 달은 흉조를 예언한다고 두려워했
다는데

나는 날마다
알약 한 알 입 속의 신전에 모셔 놓고 기도하지 경건하게
고개 숙여 경배하고 두려워하지

세상의 그 어떤 상징적 동물보다도 전지전능한 힘을 가진
나의 구명수, 단 하나의
절대신

작은 알약 하나에
거대한 우주가 열리고 지구가 돌고
오늘도 울고 웃는다

춘분

물오른 나무마다

봄의 귀를 갖고 있다

미세한 땅의 기척과

바람의 숨소리

잠재우며

거친 황무지를 파헤쳐

이른 파종을 준비하는

귀때기 시퍼런 날

느리게 걸어가는 지구 별 여행, 그리고 시

봄인가 싶더니 어느새 봄날은 가고 날씨는 더워진다. 초여름으로 접어들고 있는 것이다. 지구온난화로 점점 봄과 가을은 짧아지고 혹독한 한파의 겨울과 폭염의 여름만 길어졌다.

세상은 자고 일어나기 무섭게 빛의 속도로 변해 간다. 아날로그에서 디지털로 변해 버린 지 이미 오래되었다. 인공지능은 생활 깊숙이 파고들었고 신의 영역을 넘보기 시작한 과학은 복제 인간의 현실화도 가능하다고 한다. 무한한 속도전의 현대 문명 속에서 한없이 느리게 걸어가는 시, 그리고 시인이라는 이름으로 시를 쓰고 있는 나.

오래전 길에서 시작해 길로 끝나는 영화 한 편을 본 적이 있다. 내가 좋아하는 미국 영화감독 구스 반 산트의 1991년 개봉작 《아이다호》는 리버 피닉스와 키아누 리브스 주연으로도 너무나 유명하다. 23세에 약물 과용 쇼크사로 요절

한 리버 피닉스의 우수 어린 눈빛이 지금도 뇌리에 선명하게 박혀 있다.

자신이 서 있는 길이 낯선 곳이 아니라 전에도 본 적이 있다며 '못생긴 얼굴을 한 길'이라는 말을 읊조리는 마이크(리버 피닉스)는 아버지가 누군지도 모르고 어머니 손에서 자랐다. 어머니가 정부를 살해했다는 이유로 감옥에 들어간 뒤 고아가 된 마이크는 거리의 부랑아로 고향 아이다호를 떠나 포틀랜드 사창가에서 몸을 팔며 살아간다. 그는 기면발작증이라는 병을 앓고 있는데 긴장하거나 흥분하면 갑자기 깊은 잠에 빠진다. 어머니와 보냈던 어린 시절에 대한 추억과 그리움에 젖어 들며 잠에 빠져드는 장면은 이 영화의 중요한 쇼트마다 플래시백으로 관객에게 보여진다. 마이크가 어머니 품속의 평온함과 행복을 얼마나 절실하게 갈구하는지를 상징적으로 처리해서 보여 주는 장면이다. 그리고 연어 떼가 물살을 거슬러 태어난 곳을 찾아가는 장면 역시 길의 이미지처럼 첫 장면과 끝 장면을 통해 반복적으로 보여 준다. 이는 마이크의 여정도 그러하다는 것을 암시한다. 한편 마이크의 친구인 스코트(키아누 리브스)는 포틀랜드 시장의 아들로 아버지와의 불화로 인해 집을 나와 일부러 부랑아 생활을 한다. 스코트는 마이크가 어머니를 찾아 길을 떠나자 그와 함께 여행에 동행해 그를 돌봐 준다.

아이다호에서 로마로…… 어머니를 찾아 여행은 시작되고 로마에서 어머니가 다시 미국으로 떠났다는 말을 들은 마이크는 기면발작증에 빠져든다. 스코트는 그곳에서 만난

카멜라와 사랑에 빠져 마이크를 남겨 둔 채 거액의 유산과 안정된 생활이 기다리는 아버지의 품으로 돌아가 버린다. 스코트가 나눠 준 훔친 오토바이를 판 돈의 절반과 함께 다시 혼자가 된 마이크는 멀리 사라져 가는 자동차(행복한 스코트와 카멜라를 태운)를 물끄러미 바라보고⋯⋯

처음과 똑같은 길 위에 서서 마이크는 다시 또 깊은 잠에 빠져들기 전 이 영화의 주제라고도 할 수 있는 멋진 인생철학이 담긴 마지막 대사를 읊조린다.

"난 길의 감식가야. 이 길은 끝이 없어. 지구의 어디라도 갈 수 있어"라고 중얼거리며 쓰러지고 그의 몸을 뒤져 물건을 훔친 도둑들을 태운 자동차의 멀어지는 모습 뒤로 또다시 펼쳐지는 길, 그 길 어딘가에 영원한 고향, 그가 찾아 헤매는 어머니가 기다리고 있는 것일까? 롱테이크로 보여지는 길의 이미지는 다시 한번 나를 막막한 길 위에 서게 만든다.

나는 이 한 편의 로드무비가 우리 인생과 닮았다고 생각한다. 우리는 모두 지구라는 별에 불시착한 존재들이다. 싫든 좋든 태어난 이상 부유한 자는 부유한 대로 가난한 자는 가난한 대로 저마다 자기 몫의 십자가를 지고 하루하루를 견디며 살아가는 것이다.

누군가 웃자고 지어낸 얘기겠지만 옛날 어느 마을에 자기 십자가가 가장 무겁다고 불평하는 사람이 있었다고 한다. 이 사람이 날마다 기도하며 하도 보채자 하느님께서 하루는 그 사람에게 십자가가 잔뜩 쌓인 창고로 데려가서 마음에

드는 가장 가벼운 걸로 바꿔 가라고 말씀하셨다. 그래서 얼른 이것저것 골라 봤는데 날이 저물도록 아무리 골라도 자기가 갖고 온 십자가보다 가벼운 게 하나도 없었다고 한다. 결국 눈에 보이는 것이 전부는 아니라고 믿는다. 누구에게나 힘들고 고달프고 험난한 것이 세상살이고 삶인 것이다.

요즘은 코로나 바이러스의 세계적 유행 때문에 집에 갇혀 있는 시간이 더 많아지고 사람 간의 만남도 비대면의 시대로 접어들었다. 각자의 고립감도 깊어지고 그에 따른 피로감과 우울감과 불안과 공포도 점점 더 깊어져 가고 있다. 나 역시 별반 다르지 않은 똑같은 일상의 감옥에 갇혀 지낸 지 오래되었다. 책도 눈에 들어오지 않고 운동 부족으로 건강도 나빠졌다. 그러던 어느 날 이러다 큰일 나겠다 싶고 답답해서 날마다 동네 중랑천을 걸어 보기로 했다. 처음에는 조금씩 가까운 거리를 왕복하다 지금은 2시간 정도 멀리까지 걸어갔다 온다. 걷다 보면 집 안에 갇혀 있을 때는 보이지 않던 것들이 눈에 들어오고 보이기 시작했다.

길가에 버려진 돌멩이, 작은 풀꽃들, 똑같이 피는 것 같아도 꽃들은 조금씩 나름의 시간과 순서대로 피었다 진다. 민들레, 제비꽃, 냉이꽃, 매화와 산수유꽃, 진달래, 개나리, 목련, 앵두꽃, 살구꽃, 자두꽃, 복숭아꽃, 사과꽃, 배꽃, 모과나무꽃, 조팝나무꽃, 철쭉, 영산홍, 라일락…… 음악처럼 들리는 새들의 지저귐, 바람과 햇빛의 온도와 자연의 무한한 생명력이 예사롭지 않게 느껴진다. 속도를 늦추고 느리게 주변을 돌아보며 길 여기저기 기웃거리며 걸어 보는 시간이 너무나 행복하고 소중하게 내 일상에 들어온다.

하천의 풀밭에는 이제까지 모르고 지나쳤던 작은 야생화들이 눈길 한 번 주지 않아도 자신의 소임을 다해 피고 지고 있다. 눈여겨 자세히 보지 않으면 안 보이는 꽃마리, 꽃다지, 별꽃을 비롯해 지천으로 흐드러지게 핀 애기똥풀, 지칭개, 씀바귀꽃, 소리쟁이, 뽀리뱅이, 엉겅퀴꽃, 망초꽃……등등 수많은 꽃들의 향연이 펼쳐진다. 가꾸고 꾸며 주지 않아도 스스로 때맞춰 꽃 피우고 씨를 갈무리해 퍼뜨린다. 누가 보아 주지 않아도 주어진 자리에서 묵묵히 꽃을 피우고 다른 꽃의 아름다움을 시샘하지도 않는다. 그 무엇과도 바꿀 수 없는 절대적 자존이 우리가 흔히 잡초라고 뽑아 버리고 무시하는 풀꽃 속에 숨겨져 있었다.

무심히 고개 들어 하늘을 보면 흰 구름이 유유히 떠가고 물 위로 비치는 햇살 아래 헤엄치는 물고기랑 피라미 떼, 긴 목이 슬퍼 보이는 중대백로와 왜가리, 해오라기, 사이좋은 원앙 한 쌍과 청둥오리가 보기 좋다.

세상에는 돈으로 가치를 따질 수 없는 귀하고 소중한 것들이 무수히 많다. 다만 보지 못할 뿐이다. 무한 경쟁과 황금만능주의 속에서 브레이크 없이 앞만 보고 달리느라 몸도 마음도 지쳐 버린 채 물신주의에 영혼을 저당 잡혀 살아가고 있는 일상을 바꾸는 순간 우리 삶은 달라질 것이다.

간혹, 생 전체를 너무 헐값에 팔아 버린 것 같은 낭패감과 절망감에 자책할 때가 있다. 하지만 그것 또한 부정할 수 없는 나의 모습이다. 그럴 때마다 나는 구석에 몸을 숨기고 시를 쓴다.

과학의 눈부신 발전 덕분에 화성 탐사도 하고 인공위성을 쏘아 올리고 우주여행도 가능한 오늘날의 현실이지만 잠시 걸음을 멈추고 쉬어 갈 여유와 느림의 미덕을 시는 깨닫게 해 준다. 시가 주는 휴식과 무의식 속으로 침잠하게 하는 성찰의 순간이 몸과 마음에 활력소를 주는 것이다.

어느 누가 말했던가! 나 하나 사라져도 해는 내일 다시 그 자리에 떠오르고 질 것이라고, 우리는 거대한 우주의 한 티끌로서 살다 가는 거라고, 살아 있는 순간까지 최선을 다해 열심히 살아야 하는 책무를 지니고 태어난 존재임을 잊지 말라고…….

한 방울의 물이 모여 냇물이 되고 강이 되어 깊이를 알 수 없는 저 넓고 푸른 바다로 흘러가는 것처럼 잡다한 일상의 조각들이 모여 커다란 밑그림을 보여 준다.

나는 오늘도 내일도 천천히 여기저기 해찰하며 맛보고 느끼면서 내게 주어진 길을 걸어갈 것이다. 길을 걷다 보면 때로 길을 잃기도 하고 어느 순간 출구를 찾지 못한 채 미로에 갇혀 같은 자리를 헤매는 낭패의 순간도 있겠지만 겁내지 않는다. 영화 《아이다호》에서 마이크(리버 피닉스)가 자신에게 주문처럼 들려주던 말처럼 이 길은 끝이 없고 지구의 어디라도 갈 수 있다고 믿기 때문이다.

그 길이 아무리 멀고 팍팍한 사막의 길이든, 넓은 아프리카 사바나 초원이든 아니면 사람 냄새 물씬 풍기는 정신없는 난장의 저잣거리일지라도 내 발걸음이 멈추지 않는 한 나만의 지구 별 여행은 계속되리라.